BU

Mercè Rodoreda

Viatges i flors

Edicions 62
Barcelona

La primera edició de *Viatges i flors* va ser publicada a la col·lecció «El Balancí» l'any 1980.

Disseny de la coberta: Enric Jardí.
Il·lustració de la coberta: Photo Disc.

Primera edició dins «Butxaca»: octubre de 1999.

Peu de la Creu 4, 08001-Barcelona.
e-mail: correu@grup62.com
internet: http://www.edicions62.com

Imprès a Romanyà/Valls s.a., plaça Verdaguer 1, Capellades.
DIPÒSIT LEGAL: B. 41.878-1999
ISBN: 84-297-4604-8

TAULA

Viatges a uns quants pobles

Viatge al poble dels guerrers 11
Viatge al poble de les nenes perdudes . . . 14
Viatge al poble de les dones abandonades . 17
El poble dels formatges explicat per la dona encapollada 22
Viatge al poble de tota la pena 24
Viatge al poble de les rates ben criades . . 26
Viatge al poble de la bruixeria. 30
Viatge al poble de les iaies teixidores . . . 34
Viatge al poble de les dues roses 37
Viatge al poble dels homes ganduls 40
Viatge al poble dels morts 42
Viatge al poble de vidre 45

Viatge al poble dels rius sense aigua . . . 48
Viatge al poble dels penjats 51
Viatge al poble de l'Arc Iris 55
Viatge al poble dels cargols i el llot 59
Viatge al poble de les trenta senyoretes . . 61
Viatge al poble de la por 65
Viatge al poble de l'or 68

Flors de debò

Flor Ballarina 73
Flor Desesperada 75
Flor Blava 77
Flor Màgica 79
Flor Vermella 81
Flor Morta 82
Flor Felicitat 84
Flor d'Aigua 86
Flor Cavaller 87
Flor Dolenta 89
Flor Sense Nom 90
Flor Dispersa 92
Flor Tendra 93
Flor Cerimoniosa 94
Flor de Vida 95
Flor Negra 97
Flor Boja 99
Flor Sola 100
Flor Trasplantada 101
Flor Fantasma 103
Flor Llaminera 105
Flor de Foc 106

Flor Ombra 108
Flor Vergonya 110
Flor Orgull 111
Flor Tristesa 112
Flor Llagost 113
Flor Gota de Fel 114
Flor Deliri 116
Flor Disfressa 118
Flor Ferida 120
Flor Gelosa 122
Flor Caminaire 124
Flor Malalta 126
Flor Melindro 127
Flor Sageta 128
Flor de Mel 129
Flor Fòssil. 131

VIATGES A UNS QUANTS POBLES

VIATGES AL POBLE DELS GUERRERS

Em vaig haver d'arraconar de pressa perquè venien contra mi potser un miler de cavalls amb soldats al damunt armats amb llances. Van passar rabents, cridant i xisclant, voltats de polseguera. I de seguida va començar el repic dels tambors. Al davant caminava, pit enfora, nas enlaire, el portador de la bandera que voleiava al vent: vermella i blanca duia escrit amb lletres vermelles damunt del blanc i amb lletres blanques damunt del vermell, «Coratge» «Puresa».

Patapam, patapam, patapam... tambors de plata, escuts daurats, soldats nus de mig cos en amunt. El sol els venia de cara i l'esclat de l'or i de la plata em va fer tancar els ulls. Els trompeters no paraven. Anaven passant tots amb un gran ordre i disciplina. La polseguera va desfer els seus remolins i es va posar plana damunt de la terra. Aleshores es va fer un gran silenci. I el món es va buidar.

Em vaig mig estirar en un marge cobert de fonolls i vaig endormiscar-me. El sol, que quan m'havia estirat em cremava l'esquena, en despertar-me el gran terrabastall em cremava la cara. Em vaig haver d'arraulir perquè contra mi venien potser mil cavalls amb soldats al damunt armats amb llances. Van passar rabents cridant i xisclant i alçant polseguera. De seguida va començar el repic dels tambors. Al davant caminava, pit enfora, nas enlaire, el portador de la bandera que voleiava al vent: vermella i blanca duia escrit amb lletres vermelles damunt del blanc i amb lletres blanques damunt del vermell, «Coratge» «Puresa».

Patapam, patapam, patapam... tambors de plata, escuts daurats, soldats nus de mig cos en amunt. El sol els venia d'esquena i l'esclat de l'or i de la plata no em va fer tancar els ulls. Els trompeters no paraven. Anaven passant tots amb un gran ordre i disciplina. La polseguera va desfer els seus remolins i es va posar plana damunt de la terra. Aleshores es va fer un gran silenci. I el món es va buidar.

A un vell que esterrossava un tros de camp

darrera mateix dels fonolls, tot ell un sarment, vaig preguntar-li què passava amb tants soldats amunt i avall. Sempre fan el mateix. Van i vénen dues vegades al dia: matí i tarda. Viuen en tendes de campanya una mica lluny d'aquí, en un plantat d'oliveres. No fan cap mal: fan de soldat per inspirar respecte i tothom els tem això que ells només galopen i trompetegen. Les seves dones els esperen més enllà de les oliveres, totes joves, totes maques, altes i vincladisses com els joncs de la riera, totes amb arracades de perles i amb una perla grossa muntada en cercle d'or i el cercle d'or passat en el dit gros del peu esquerre. Totes ficades en cases de pòrfir i de marbre, amb emparrats de roses blaves en les marquesines dels cancells, esperen els seus homes nit i dia i es migren de tant esperar mentre ells banderegen... Patapam, patapam, patapam...

VIATGE AL POBLE DE LES NENES PERDUDES

No era un poble, era un bosc. Les nenes havien sortit de casa seva per anar a collir la vidalba, algunes la rosella, algunes l'escardot morat, d'altres la rosa de bardissa... i no havien sabut sortir del bosc que havien hagut de travessar i el bosc se les havia quedades. Totes anaven vestides igual: faldilla vermella, cosset de floretes blaves i grogues amb el fons de la roba blau marí. Totes eren rosses, totes duien tirabuixons, totes tenien els ulls blaus, totes duien a la mà un pom de la flor que havien anat a collir. Així que es despertaven començaven a ballar i a voltar i voltar la soca d'un arbre, cadascuna el seu, tot cantant la cançó de la matinada. «De què viviu?» «De castanyes, de les que encara tenen la closca verda, llisa, amb una punxa de tant en tant.» Una que duia un pom de llessamí em va explicar la seva vida: «A casa meva vivia bé; tenia tantes nines i tants ninus com volia, menjava sempre cervellets de colomí i plats de crema cremada, bevia sempre que tenia set orxata d'ametlla tendra, dormia fins que se m'acabava la son i tenia temps de sobres de somiar que era peix, que era ocell, que era serp, que era hiena... però una nit vaig somiar que les flors de llessamí em cridaven; volien que les collís jo i només jo. S'obrien de mica en mica i del foradet que tenen al mig sortia una veueta que era la meva i deia baixet mentre jo dormia: «Volem que la nena que ho té tot vingui a collir-nos abans que l'abella faci mel de nosaltres.» Vaig llevar-me, encara era plena nit, encara anava amb la son encastada als ulls, tota jo un deliri, i caminant caminant, vaig trobar el llessamí, vaig fer un pom amb totes les seves estrelles i ara sóc una nena perduda perquè no vaig saber trobar mai més el camí de casa meva, de la meva casa amb un jardí florit de violers i de vitadímia.» Li vaig dir que si volia jo la podria acompanyar, que les podria acompanyar totes d'una a una. De seguida va fer la cara trista i el blau dels ulls se li va entelar; va acabar per confessar-me que s'estimava més ser nena perduda i viure en el bosc on a la nit les branques dels castanyers baixaven fins on era i tot abraçant-la l'acotxaven i li deien que l'estimarien fins a l'hora de la mort; que si no sortia del bosc sempre seria nena amb faldilles vermelles, amb tirabuixons com encenalls, amb el blau dels ulls ple de tendreses d'aigua i amb gotes de rosada entre el rosa dels llavis... I va afegir amb uns ulls carregats d'innocència i sense parpellejar: «Així que es perd una nena, al poble li posen el nom de la nena perduda, i aquella nena es converteix en la patrona del seu poble. Compren una nina gran, la vesteixen de santa, li posen una corona de llautó, la fiquen en una vitrina i la van a visitar i a dur-li flors de tant en tant. Jo, em dic Gertrudis.»

VIATGE AL POBLE DE LES DONES ABANDONADES

Em vaig asseure en un marge, ran de camí, a menjar un entrepà, tot mirant el vol, damunt d'un blau verinós, d'una garritxa femella. Mastegava a poc a poc i quan vaig abaixar el cap perquè la garritxa ja no es veia, em vaig fixar detingudament en un bosc tot verd, d'un verd d'encantament, que arrencava d'un camp de civada a l'altra banda del camí. Era un bosc estrany, massa trist, sense vent, amb les fulles dels arbres tan atapeïdes que de lluny les copes semblaven fetes de molsa. Em va sorprendre, com hauria sorprès a qualsevol, que per damunt de les copes dels arbres, totes rodones, de tant en tant sortís, i amb fúria, una pedra. Queia pesada. Tot de pedres sortien dels fullatges com en un gran joc de distracció. M'hi vaig anar acostant, i quan hi vaig ser a la vora vaig veure que les pedres, totes, estaven lligades a un cordill. I més a la vora ja vaig veure que les pedres, quan baixaven, sovint s'entortolligaven a la branca i aleshores algú estirava el cordill i queien moltes fulles. Sense posseir una gran dosi de saviesa vaig endevinar que el joc de la pedra i el cordill era un joc de collita de fulles. Al peu de l'arbre hi havia —poca cosa em podia sorprendre després del que havia vist en tants de pobles— un nen o una nena, d'una edat com ara d'uns tres anys, que llançaven la pedra amb una gran destresa. Al peu dels arbres hi havia un capoll de cuc de seda, però gros, i a dintre hi vivia una persona. Com que el capoll no estava ben tancat, per dalt sortia el cap de la persona que hostatjava. I la persona era una senyora. Així que uns quants nens i nenes es van adonar de la meva presència van parar de caçar fulles i es van ficar a dintre de les soques dels arbres que eren obertes i buides. Tots em miraven i la senyora del capoll que em quedava més a la vora amb una veu prima com un fil del número cent em va preguntar què buscava. «Jo, senyora —li vaig dir amb molta cortesia—, venia a veure què passava amb aquestes pedres que des de lluny he vist que volaven per damunt de les copes dels arbres.» Un dels nens desats a la soca va riure. La senyora va estirar el coll, que el tenia molt curt, i em va dir: «Em ve a fer companyia?» «No senyora. Només passo.» Però no em vaig saber estar de preguntar-li com s'ho feien aquells nens tan petits per tirar pedres amb tant d'encert i amb tanta fúria. «No són petits. El meu ja té trenta anys. El veu? Aquell de la boca oberta que embolica el cordill a la pedra.» «No pot ser, si és una miniatura.» I em va dir que el de la seva veïna en tenia cinquanta. Aleshores vaig comentar, a risc de fer-me antipàtic, que devien ser nens endarrerits. «Són els nens de les dones abandonades i si creixien ja no seríem dones abandonades.» «I per què les van abandonar?» Em va dir que gairebé totes tenien el marit a la guerra, que alguns havien mort, mentre que d'altres s'havien quedat on havien fet la guerra encara que la guerra s'hagués acabat i havien fundat una família... «Tot el món —va dir— és ple de guerres i els homes embogeixen per anar a la guerra.» Li vaig preguntar sense poder amagar la meva curiositat: «Totes les senyores encapollades que hi ha aquí tenen una criatura?» «Sí. Només una per fer més pena. Les que en tenen més d'una la soca de l'arbre les asseca, comprèn?» No em vaig poder estar de seguir preguntant: «I vostè, pot sortir alguna vegada del capoll?» I va contestar amb la mirada tristament desgraciada que no, que el capoll no podia ser abandonat perquè era el signe de l'abandonament. «El fil és fet de llàgrimes. Una setmana el fila l'ull esquerre, l'altra setmana el fila l'ull dret.» I amb molta energia va exclamar: «Dispensi un moment que ara dinaré!» El nen va sortir de la soca, bastant més tranquil en veure que la meva presència era inofensiva, va llançar la pedra enlaire, va estirar el cordill i van caure fulles. En va collir una i la va ficar a la boca de la seva mare; ella es va posar a mastegar amb una expressió de beatitud que embadalia. Quan va haver dinat em va confessar: «La fulla tant serveix de menja com de beguda.» «I la seva família què hi diu, amb tot això?» «Jo no tinc família però les que en tenen és pitjor perquè la seva família no les ve a veure mai. Comprèn? Si la família les visités ja no serien dones abandonades i no tindrien cap raó d'existir.» «I fins a quina edat viuen?» «Depèn; si la fulla de l'arbre nodridor és fulla de bon any, podem viure fins als noranta... n'hi ha que han viscut fins als cent.» Ja feia estona que una pregunta em turmentava però no gosava fer-la i sense voler em va sortir tota sola de la boca: «I de quina manera es moren?» «El capoll es tanca, ens escanya i s'ha acabat. Jo encara tinc molts anys de vida si tot va bé... Ja en fa vint-i-vuit que visc encapollada. De dones abandonades, quan vaig néixer, n'hi havia poques. Com a tot arreu passa s'han anat multiplicant. Ara som unes quatre-centes vui tanta-sis.» Em va preguntar, tallant l'explicació tan ben donada: «Vol menjar una fulla?» Li vaig dir que moltes gràcies que acabava de menjar un entrepà de pernil i formatge assegut en el marge del camí veí. Va cridar el seu nen i li va dir que en comptes de badar fes el favor de dinar de seguida. I el nen a dintre de la soca, petit i arraulit, va començar a mastegar la seva fulla. «Abans d'anar-me'n, estimada senyora, digui'm, quan s'ha tancat el capoll, què passa?» «Rodolem.» Amb una mirada expressiva va assenyalar a la seva dreta on el bosc era tallat per un precipici: «Al fons hi ha el llac de l'aigua sense color. Quan el capoll es tanca el nen o la nena l'empenyen i rodola...» Vaig mirar al meu voltant tot pensant: «Quin poble més trist.» I no em vaig poder estar de repetir-ho en veu alta. «No s'ho cregui, és molt pitjor el poble del formatge. Si té temps d'escoltar-me una estona li explicaré què hi passa.»

EL POBLE DELS FORMATGES EXPLICAT PER LA DONA ENCAPOLLADA

No s'hi veu ni un arbre. Tot són prats i més prats. I de quina herba!... Gemada, tremoladissa, sempre acabada de brotar, sempre esmaltada de floretes. Les vaques se la cruspeixen durant el dia, i, a la nit, torna a créixer. I tot el que a vesprada llarga era un camp de terra i prou, a llum de matinada torna a ser un camp d'una verdor maragdina. Les vaques fan llet una vegada cada mes. Fan. Vull dir, fan. No les muny ningú. El dia que els toca fer la llet, sempre cau en dia quinze, ploren sense parar de tant que pateixen. «I no les podria ajudar algú munyint-les encara que només fos en el moment de deixar anar la llet?» «És impossible perquè cremen. Els budells preparen el formatge i mentre es va fent la preparació i quan deixen anar la llet cremen com un forn del musell a la punta de la cua. Quan els sembla que la llet ja és prou espessa de tant en tant deixen caure un raig de cada teta, un raig espès que va fent una coca a terra. Alesthores es van movent amb una gran parsimònia a fi que la coca quedi ben rodona. Quan la coca ja està feta, s'omple de cucs; més blancs que el ventre de les vaques. Quan s'acosta algú a veure si pot agafar el formatge no el pot agafar perquè els cucs l'han encastat a terra i les vaques envesteixen sense parar perquè els cucs es puguin menjar el formatge amb tota tranquil·litat. Són cucs formatgers. Només deixen la closca: rossa i bruna. La gent del poble, és clar, es mor de gana i si vol menjar ha de menjar herba a punta de dia. De vegades un desesperat s'acosta al formatge desafiant el perill de l'envestida i pot arribar, si està de sort, a arrencar un bocí de closca. El mastega fent anar el cap amunt i avall perquè la closca és més dura que les pedres. Ja no cal dir que la gent d'aquest poble condemnat només tenen els ossos i la pell i amb prou feines si poden caminar, tan i tan gran és la feblesa que els consum. Tots tenen el color de la closca dels formatges i, quan moren, els qui queden fan servir els ossos més ressecs per encendre la llar. Veu —em va dir amb una gran serenitat la dona encapollada— com sempre hi ha un pitjor?»

VIATGE AL POBLE DE TOTA LA PENA

Aquell poble sí que era ben diferent dels altres. No hi havia ni un jardí, ni una flor, ni un tristíssim arbre. Tots els carrers sense excepció estaven empedrats i totes les cases eren de pedra. A les finestres, altes (des de dintre les havien de tancar enfilant-se en escales), no hi havia vidres. Només porticons que a caient de tarda tancaven amb lleva. La gent vivia de vendre pedra als altres pobles perquè en aquella zona hi havia pedreres per donar i per vendre. Unes pedres roges, amb vetes d'un roig més fosc, d'un roig de sang quallada; les vetes semblava que parlessin perquè feien arabescos. Com en els núvols, s'hi podien veure o endevinar bèsties: ocells, peixos, senglars, algun cérvol, conilles esverades, guilles pudents, rates de bosc, marquineldes resignades i algun mussol meravellat... pedres nascudes d'algun terratrèmol, amuntegades, potser escopides en blocs esgarrifosos, d'algun volcà que els segles havien extingit. La gent no mirava; caminava amb el cap baix i amb la passa una mica incerta. A la plaça on vaig arribar hi havia una concentració de gent que plorava. Els queien dels ulls unes llàgrimes allargades que els xopaven la galta i els relliscaven avall del pit. Ploraven, es veu, pels que feien les guerres, pels assassinats, per totes les injustícies, pels desvalguts, pels pares arraconats, per tants i tants ocells caçats amb trampa, per tots els cérvols perseguits, pels rius que sortien de mare, per les terres ermes, per les tempestes que ho arrasaven tot, per les collites trinxades i perquè les muntanyes de pedra que voltaven el poble no els deixaven veure el sol ni en el moment de néixer ni en el moment de morir.

VIATGE AL POBLE DE LES RATES BEN CRIADES

Era un poble com tants i tants n'hi deu haver. Flors a les finestres i flors fins i tot a les baranes dels terrats... i un gran silenci com si en el poble no hi visqués ningú. A la meitat d'un carrer ombrívol vaig fer un bot perquè em va passar ran de peus una rata grossa com un conill. Una mica enllà va aturar-se, es va girar, i de lluny estant va cridar: «Senyor, senyor, em deixa rosegar una mica de casa?» No vaig saber què dir; només em va quedar esma de mirar la rata que em mirava amb uns ulls vermells, amb el cap tirat endavant. Alesfores, d'entre els peus, em va sortir una rata petita, i una altra, i una altra... fins a set. Es van ajuntar amb la rata grossa i totes plegades es van posar a cantar: «Per què no diu que sí, per què no diu que sí...» Vaig abaixar el cap; devien interpretar que cedia i es van tirar contra els baixos d'una casa vella i van començar a rosegar-la, garranyic-garranyac, estona i més estona. Quan van estar cansades es van eixugar els morrets amb les potes del davant, em van tornar a mirar i se'n van anar carrer amunt tot passejant. De la casa que les rates havien rosegat va sortir-ne un home amb els pantalons mig menjats i amb les orelles escapçades. «Entri, faci el favor —em va dir amb una veu apagada—, segui.» Ens vam asseure a la vora de la finestra. Les flors que hi havia a l'ampit eren petúnies. «Aquest poble —va començar l'home— no és un poble com els altres. Les cases, com ja deu haver vist, són de fusta des dels fonaments fins al terrat. Cada deu o dotze anys, del poble no en queda res. Si tinguéssim pedres a la vora potser faríem cases de pedra, però la pedrera és a dos-cents trenta-quatre quilòmetres i tots estem massa desanimats per intentar l'aventura d'anar a buscar-ne... a més a més... una vegada, fa anys, un home decidit o més inconscient que els altres va anar a buscar pedra amb el seu carro i es va construir una casa per la vida. Tenia dona i quatre fills. Tots nois. Alts, preciosos... la flor i nata de les criatures. Un dia, no recordo si de Nadal o de Cap d'Any, a dintre de la casa no hi quedava ningú. Ni pares ni criatures. Les rates no n'havien deixat ni els ossos. Havien fet el gran escarment. I vam continuar fent les cases de fusta tant per mandra com per precaució. Ara bé, si tots, absolutament tots, féssim les cases de pedra, ens salvaríem? No gosem. Les hem de fer de fusta. De fusta perquè les rates les puguin rosegar i estiguin contentes. I sobretot perquè deixin els habitants del poble en vida. Fins que un any tots els homes de seny ens vam reunir en el bosc de la Ginebrera i vam parlamentar. Es tractava d'enganyar les rates: de fer els fonaments de les cases, almenys els fonaments, de pedra. Costés el que costés de salut i de feina. Elles ens devien espiar perquè l'endemà tots els qui havíem assistit a la reunió, i només aquests, ens vam llevar amb les orelles rosegades. Tots, amb els pàmpols bons per llençar. Cada deu anys, com li he dit, el poble queda arrasat, i no tenim més remei, durant aquests deu anys, que anar-ne fent un de nou. Una mica més ençà, una mica més enllà. Vingui.» Vam sortir de la casa i em va fer seguir-lo carrer amunt. A dalt de tot del carrer hi havia un mirador, i des d'allà, l'home, trist com els més tristos que mai hagi vist, va allargar el braç i va assenyalar la vall. Es veia un veritable formiguer d'homes serrant, allisant, plantant soques i fent teulades. Carregats d'arbres, no paraven de descarregar soques i taulons. «Tots seríem rics perquè la terra d'aquest país és bona i tot s'hi fa, però hem de perdre el temps fent cases en comptes de sembrar i collir!» Vaig fer un bot. Estàvem voltats de rates que escoltaven el que dèiem. L'home els va explicar quan es va adonar del que estava passant: «Us farem un poble amb fusta de la més dolça i de les més flonja.» «Gràcies, gràcies...», van dir totes les rates alhora. I una de molt rebufona va cridar: «Tenim gana i ganes de rosegar, sempre, sempre.» «Rosegueu», va dir l'home amb els ulls mig morts i amb la veu apagada. Totes les rates es van encastar a dues cases de les més boniques i de seguida va començar la gresca dels garranyics-garranyacs. Com que em va semblar que estaven molt distretes vaig dir baixet, ben arran d'una de les orelles d'aquell home que semblava un fistó de tan ratada: «Per què no les maten?» Em va mirar amb uns ulls plens de condescendència: «Tot el que vostè pugui donar-me de solucions ha estat provat des de fa mil dos-cents anys. Com si la mort les multipliqués per castigar-nos.» Vaig sentir una veu com un espinguet que cridava ran dels meus peus: «Dolent, dolent!...» Vaig mirar a terra i el que vaig veure va ser una rata rebonica que em començava a rosegar els baixos dels pantalons. Encara corro.

VIATGE AL POBLE DE LA BRUIXERIA

«Li recomano que vagi al poble d'allà baix, el veu? L'arbreda el tapa però està darrera mateix de l'arbreda, no el veu mig esborrat darrera dels fullatges?», em va dir una dona sense edat, tota de negre, amb faldilles amples, arrugades a la cintura, i amb la cara rodona emmarcada per un mocador molt ben lligat a sota del mentó. «Se'n quedarà enamorat.» I va fer una mitja rialleta.

Queia el dia quan vaig arribar al poble, un poble si fa no fa com tots: amb cases baixes, d'un pis, màxim de dos, amb carrers els uns més estrets que els altres o a l'inrevés, amb una plaça amb arcades, amb un estanc, amb una taverna, amb tota mena de botigues i amb una funerària. El vaig voltar, el vaig travessar i vaig pensar que aquella dona hi devia tenir un record de joventut que li feia veure el poble absolutament sòpit d'una manera molt idealitzada. Vaig sortir del poble a pas mesurat tot pensant una mica en la seva gent. També eren com tota la gent però més que l'altra gent tenien en els ulls un reflex lleugerament inquietant. Oh, no gaire. Només una mica. Com si tot d'una fugissin d'allà on eren i emprenguessin el seu viatge per dintre, bastant endintre i enllà de l'espai. Em vaig asseure a la meitat d'un pujol a tocar d'una font. Com que l'hora era dolça i jo estava bastant cansat vaig pensar que m'agradaria veure sortir la lluna a la vora d'aquella font que cantava baixet la seva cançó d'aigua escapada de presons profundes.

S'acostava la nit. El poble es va il·luminar. Però la nit que venia semblava carregada d'històries d'arbres nascuts en un punt determinat per un voler molt segur i d'herba escampada per una mà molt sàvia en els llocs on podia estar més ben estesa. I el poble ja no tenia cap llum encès, s'havien apagat tots alhora i la claror que baixava del cel no era la claror de sempre sinó que tenia estries blavisses i tot d'una vaig veure damunt d'una ratlla de color de llamp, ampla com un camí estret, la primera persona nua de pèl a pèl estirada i flotant damunt d'aquella ratlla il·luminada però exactament com si estigués ajaguda en el seu llit i que, sense llençols, feia el gest d'acotxar-se amb el seu llençol. Una altra persona es va fer visible enmig de la fosca fins a trobar la llum, i una altra i una altra i més i més. Els uns estaven de bocaterrosa amb els braços estirats sota del cap com si els tinguessin estirats sota del coixí, d'altres amb les mans posades darrera del cap, d'altres amb les cames arronsades, d'altres cargolats, d'altres panxa enlaire braços i cames en creu... i moltes criatures de bolquers, segurament totes les criatures de bolquers nascudes en aquell poble, penjades a mig aire i movent els llavis com si xuclessin sense parar. Una nena asseguda en el buit, fregant-se els ulls abans d'estirar-se damunt de la llum, es va tapar les cames amb un llençol que no existia... i tot allò era tan natural, tan extraordinàriament quotidià, tan de veritat, que fins que no vaig haver passejat els ulls per tota l'estesa d'adormits, no em vaig adonar que el poble havia desaparegut: no es veia cap casa, ni estanc ni taverna, ni plaça amb porxos, ni res de res. I tot d'un plegat va sortir un tros de lluna i es va aixecar una mica de vent i tot l'espai entre els adormits i jo es va omplir de fils de flor que passaven volant i quan van haver passat, sense adonar-me del canvi, com si algú molt poderós m'hagués transportat, em vaig trobar no a la vora de la font cantadora sinó a la vora d'un llac de color de plom amb el tros de lluna a dintre, enigmàtic, que de perfil em mirava de reüll i somreia de biaix com aquella dona vestida de negre que m'havia dit que el poble, no el veu darrera d'aquells fullatges?, era el poble més bonic del món.

VIATGE AL POBLE DE LES IAIES TEIXIDORES

A l'estiu les fiquen en un tancat que té una pèrgola coberta de raïmera negra. A l'hivern les endrecen en un cobert tot vidrat escalfat per tres estufes de petroli. En els bancs on seuen els posen coixins de llana de be de la més flonja coberta de cretona ramejada. Treballen tot l'any. Entren en el tancat a l'estiu a les set del matí i en el cobert a l'hivern a les vuit, també, del matí. Tant a l'estiu com a l'hivern surten de la feina teixidora a entrada de fosc. Quan van a treballar porten, es porten, el seu cistell abarrotat de cabdells de llana i de cotó de tots colors, d'agulles de fer mitja de diferents gruixàries. Els porten el menjar en safates de fusta de roure ben envernissada, menjar que generalment consisteix en verdures, costelletes, peix fregit, pollastre amb pebre, xocolata desfeta per a berenar i esplèndids tassons de cafè amb llet i panets untats de mantega per a esmorzar. Van molt ben apeixades. Són molt treballadores i es passen hores comptant: un, dos, mitja volta. Un punt del dret, un punt del revés, tres del dret, mitja volta. No paren. Els llençols els fan de cotó blanc. Com les coixineres. Les flassades són teixides amb dos fils de llana un de cada color com és ara verd i rosa, magenta i blau. Els pantalons dels homes, sempre de llana grisa. Les armilles de color de vi. Els mitjons negres. Les faldilles les fan totes de color de xocolata perquè és un color sofert. Els bolquers, ja és cosa sabuda, de cotó rosa per a les nenes, de cotó blau cel si són nens. També teixeixen tovalles, tovallons, cobridors de taula, però els cobridors els donen molta feina perquè els fan de molts colors i no paren canvia que canvia el cabdell. També fan catifes, perquè no s'arruguin, les seves filles i les seves joves els encasten a sota, enganxades amb cola forta, tires amples de paper brístol. No paren. De vegades, no sempre, s'expliquen històries: de l'home que s'empassava flames. De l'home que va cridar el llamp i el llamp va acudir i va dir-li que no el volia matar perquè no era digne de morir pel foc. La de la dona que escombrava sense parar la casa, l'hort i l'eixida, amb una escombra de bruc. La de la nena que va néixer amb dues agulles de fer mitja retratades en les ninetes dels ulls... Riuen molt però quietones. No aixequen el cap de la feina tot i que saben teixir sense mirar les agulles i gairebé sense comptar els punts de tanta pràctica que hi tenen. Totes són iguals: cabells blancs pentinats enrera, castanyeta al clatell, ulleres a mig nas, boca de llavis prims i uns peus tan repetits de no caminar mai que elles mateixes es teixeixen sabatilles amb sola de cimolsa perquè la planta dels peus no els pateixi. Quan es passa per la vora del tancat o del cobert, el crec-crec de les agulles de fer mitja alegra el cor. Quan la més vella es mor de seguida la substitueixen per una de més jove. L'enterren sense plorar. I damunt de la tomba, totes les tombes estan inclinades a sol ixent, hi deixen una corona de coronindus i un ram d'agulles de fer mitja de metall lluent. Perquè duri.

VIATGE AL POBLE DE LES DUES ROSES

El poble l'havien bastit en un gran pla a dalt d'una muntanya solitària que s'alçava al mig d'una estesa de camps de blat. Era petit: dotze cases i un hostal. La muntanya no era gaire alta. A la banda de ponent tota ella era una garriga foradada per caus de llebres i de conills. A la banda de llevant la vegetació era exuberant. A la banda de ponent no hi plovia mai. A la banda de llevant la pluja no parava. I a la banda de la pluja hi havia dotze fonts: la de l'espígol, la del romaní, la dels créixens, la de la camamilla, la de la sargantana, la del grèvol, la de l'escurçó, la de la formiga, la de l'oronell, la de l'esparver, la de la rosella, la del rossinyol, la de la mallerenga... no dotze, tretze. Les cases eren totes masies, amb teulat, amb paller, amb pou, amb era, amb celler. En el pla de la muntanya hi creixia, verdejava i rossejava el blat; el millor i més famós de la contrada. Cada espiga un llonguet. Els seus habitants no tenien cap interès a conèixer el futur. No havien consultat mai els morts, ni s'havien fet llegir mai les ratlles de la mà, ni s'havien fet tirar les cartes. No els calia. Perquè en una paret de la casa, la del menjador davant de la llar, quan a la família se li preparava una bona notícia, sortia, amb una certa anticipació, una rosa blava grossa com el palmell de la mà, amb els pètals blaus degradats en degradacions d'una gran saviesa. Sortia com surt el sol, vull dir que es formava a la part baixa de la paret i s'enlairava a poc a poc fins que, dos pams abans d'arribar al sostre, es quedava quieta com si s'hagués adormit. Mig esborrada, mig somniosa, es quedava a la casa un dia sencer amb la seva nit per assegurar-se que la veien. Després es fonia sense deixar rastre. I quan la família havia de tenir una mala notícia com és ara la mort d'un fill, o d'un parent, o la proximitat d'una mala collita, o la malaltia d'un be o d'una cabra o d'una vaca o d'un cavall o d'una gallina o d'un colom o d'un garrí, sortia, a la paret del menjador, sempre a la paret del davant de la llar com el lector ja fa estona que imagina, una rosa negra, d'un negre envernissat i lluent: de porcellana. Amb una eina especial per no trencar-la ni malmetre-la l'arrencaven amb molta cura de la paret i la guardaven a la calaixera, al calaix de dalt de tot com a record d'una gran pena.

VIATGE AL POBLE DELS HOMES GANDULS

Em vaig trobar de nassos a un riu amb les ribes plenes de barques i de seguida vaig sentir aquella mena de veu, gairebé damunt del meu cap, que feia un so de campana:

«Escolta, vianant, en aquest poble, els nois, així que neixen, no paren. Al primer dia ja s'aguanten drets i al tercer corren d'una banda a l'altra arrencant herbetes, apilotant fulles seques, ficant-les en sacs. Tots, sempre, neixen a la tardor. A cinc anys van al bosc a tallar arbres i arrosseguen les soques fins a la vora del poble ajudats pels nois més grans. Les serren de llarg a llarg i les estiben. A deu anys ja comencen a fabricar barques, i, als vint-i-cinc anys, ni un dia més ni un dia menys, deixen de bellugar-se. Estirats per terra, fan nosa a tothom. Aviat, amb molt de compte, els porten a la vora del riu, els fiquen a dintre d'una barca lligada a la soca d'un xop i viuen gronxats per l'aigua que no para. Els més petits els serveixen el menjar: un brot, tant per dinar com per sopar, de l'herba llanissa, tendra com punta d'espàrrec i amb gust de carn a la brasa. Masteguen com si masteguessin goma i passen els dies mirant els canvis de la llum, els miralls de l'aigua que els bressa, els núvols que passen en forma de xais i que sempre, a la posta, s'enrosen, les fulles que van caient, les estrelles que abans d'anar-se'n amb la nit criden la seva alegria totes alhora... Dormen quan volen, es desperten si han acabat la son i, si estan d'humor, riuen una mica quan els acarona la pluja. Es moren a la quieta i s'assequen de seguida. Els petits deslliguen la barca del que acaba de morir i barca i ossos se'n van riu avall, hala, hala...

»Encara que en el poble només hi hagi homes la continuïtat de la raça no és cap problema. Als tretze anys, cada noi, patint i suant, fa un cuc negre. Al cap de dues setmanes del cuc surt una bestiola amb trenta potes que, molt de mica en mica —la feina dura un any—, es converteix en una criatura eixerida, sana, vividora com una mala cosa. S'ha acabat. Punt. Fes via, vianant. Més amunt trobaràs una passera.»

VIATGE AL POBLE DELS MORTS

El poble no existeix. La guerra el va desfer i ningú no s'ha preocupat de refer-lo. A la seva vora hi té un riu vorejat de xops, amb un camí poc fressat, amb roderes de carros mig esborrades per antigues. A darreries de juny i a darreries de desembre, cada any, a mitjanit, el camí es veu concorregut per una processó de morts. Esperen que la lluna sigui alta perquè el riu els reflecteixi i els serveixi de guia. Els vestits els vénen balders, els sudaris, a molts, els arrosseguen per terra. Passen alts i ensonyats. El cap no se'ls aguanta: alguns el duen decantat damunt de l'espatlla esquerra, d'altres damunt de l'espatlla dreta, alguns l'han deixat a la tomba perquè en dreçar-se els ha caigut i han de tornar a buscar-lo, d'altres el perden pel camp i han d'ajupir-se a collir-lo, uns quants el duen, braços endavant, plantat damunt dels palmells, envestint les ombres. No canten. No riuen. Callen. Van cap al poble que havia estat seu i passen hores embadalits a la vora dels llocs on havien tingut les cases, on tenien els horts que havien cavat, on tenien el cobert que sempre havia estat ple d'aixades i de càvecs, els estables tebis per l'alè dels cavalls i de les vaques, els conreus, els camps de blat i de civada, l'estesa dels ametllerars, dels oliverars, els pous d'aigua fresca sempre nova... la font al peu de la muntanya dels castanyers. Els havien afusellat al mig de l'era i tanta sang escampada encara demana misericòrdia... El crit de la xibeca els fa companyia i si tinguessin llàgrimes de vegades plorarien. El cementiri és vell, tombes i nínxols fets malbé pel pas del temps amb les seves pluges, per les gelades, per la guerra de les formigues... pedres rosegades, lloses alçades per la fúria de les arrels, xiprers a desdir foradant el cel. A caiguda d'estrella deixen el poble ficats a dintre dels seus vestits balders, mig desabrigallats pels seus sudaris, amb els caps pengim-penjam; alzinats i tristos tornen al cementiri pels camins impossibles d'endevinar sota l'espessor de les herbes que ningú no dalla. Tornen al seu redós pel camí dels xops, pel camí de l'herba apegalosa, de l'herba cuquera, de l'ortiga blanca, del pericó groc, de l'herba vermella, de l'herba del cargol, de l'herba dels canonges, de l'herba dels innocents, de l'herba del mal estrany, de l'herba de l'ofec, de l'herba de Sant Pelegrí, de l'herba del traïdor, doblats a dintre de l'aigua per la lluna morent que els deixa creure que encara són vius entre canyissars i verdolagues sempre esperant el temps dels solsticis que és el seu temps de passejar.

VIATGE AL POBLE DE VIDRE

Absolutament tot era de vidre, començant pel que acostuma a ser de fusta. Per exemple: bastiments, portes interiors i exteriors, l'empedrat dels carrers també, les voreres, l'església amb el seu campanar, les campanes, els batalls, les lloses del cementiri, les caixes, les tombes, perquè si t'interessa puguis seguir el procés de la descomposició del cos humà... els bancs i les tanques dels jardins públics i dels jardins particulars, tot el que constitueix el moblament d'un pis, d'una torre, d'un palauet. El monument a les àligues era un gran arbre de vidre sense fulles amb set àligues alaesteses pel seu brancam. El monument a la lluna consistia en una enorme bola de vidre treballada amb cràters, amb monts espectaculars. Els habitants del poble de vidre no necessiten cap biblioteca; saben trobar en l'espai, gravat per l'eternitat, tot el que ha passat en el món, tot el que hi passarà, tot el que les flames van destruir de la biblioteca d'Alexandria. La saviesa del món és d'ells. Em va impressionar molt que no hi hagués res que no es pogués veure i aquest res que no es pogués veure vol dir el viure de cada dia de la gent. Una gent meravellosament bonica, amb un cos ben organitzat, sense tara, amb les ungles tan perfectes com mitja closca d'ou de colom, amb els cabells d'una llargària inusitada, amb uns ulls d'una transparència absoluta i d'una expressió angèlica. Continguts i afables, amb el cervell clar... Total: una gent d'un nivell superior tant físic com intel·lectual; d'un gran magnetisme. Poderosos i temibles. Aquestes persones tan envidrades que atenyen edats patètiques viuen, és clar, a la vista de tothom, la qual cosa els obliga a contenir els mals humors, les rauxes, la ràbia, l'enveja, l'odi, el desig en els més extremistes de matar... i a força d'amagar la seva maldat, els seus instints, els confessables i els tèrbols, d'ofegar les males passions, acaben que no en tenen. Monotonia? No ho sé. El que sé és que tothom és d'una puresa extrema. L'únic espectacle que no es permeten de donar completament és l'espectacle de fer l'amor, que fan darrera de vidres gruixuts d'aquells que entelen els detalls perquè el detall és el que compta, però així i tot, o malgrat això, pots arribar a veure què passa i pots admirar els graus de sublimació a què arriben en els moments més exaltats de l'aventura sexual diguem-li amorosa. Els veus menjar; mengen com si no mengessin i l'expressió dels seus rostres per més afamats que s'asseguin a taula mai no és bestial com no és bestial la seva cara o el que pots endevinar de la seva cara en el morir de l'amor. No els vaig veure mai capficats, mai amb les celles juntes —tenen els fronts alts i llisos—, mai amb els ulls escopint foc encara que alguna bèstia nocturna els fes malbé les flors del jardí, totes de vidre. És el poble que m'ha deixat el millor dels records. «Per què, si va enamorar-se'n, no s'hi va establir?» «Perquè la meva feina no és aturar-me sinó anar sempre endavant; continuar la infinita busca i captura de cors obscurs i de costums ignorats.»

VIATGE AL POBLE DELS RIUS SENSE AIGUA

Criden un saurí i li diuen: «Busqui aigua.» I el saurí que s'hi ha presentat amb la seva vareta comença el ritual. Camina que caminaràs, volta que voltaràs, fins que s'atura en sec; la vareta ha donat senyals de vida que vol dir d'aigua, i aleshores, per celebrar-ho, l'alcalde invita el saurí a menjar llagosta a l'americana a qualsevol poble de la costa, aglomera cavadors i entre tots comencen la tasca esgotadora d'alliberar l'aigua de la crosta de terra que la colga sense acabar d'ofegar-la perquè l'aigua com és sabut necessita camins. I tot d'una apareix el riu d'una manera espectacular. Així que se sent descobert aixeca un brollador d'aigua descomunal i tots queden xops com un peix. No es tracta mai d'un riu esplendorós a tota aigua sinó d'un riu esquifit d'amplada però de llit profund. Un home del poble, un cosí germà de l'enterramorts, em va dir: «El poble sospira, tot el poble, m'entén?, per tenir un riu. Un riu amb ribes encanyissades, enjoncades, amples i guarnides de xops, un riu pel qual es pugui navegar amb barcasses amb crits de mariners a coberta fent comerç d'espècies i cereals. Un riu romàntic carregat d'història antiga amb algun castell roquer de tant en tant i una noia a la finestra més alta fent voleiar un mocador de seda per incitar el navegant més enamoradís a començar l'aventura de l'estimar. Un riu que vulgui viure amb nosaltres per tota la vida i per vida d'hereus perquè la tragèdia del nostre poble és que el riu, un cop descobert, no dura. Un dia malastruc, quan el poble comença a viure feliç, tranquil i refiat perquè el cabal d'aigua satisfà plenament les seves necessitats, el cabal d'aigua desapareix i altra vegada a la feina s'ha dit: crida del saurí, invitació de l'alcalde al saurí a l'hostal de la Pingüina, aglomeració de cavadors, descoberta d'aigua, raig enlaire, preses de tant en tant, desviacions d'aigua cap a les hortes i tothom a plantar arbres fruiters... Vingui...» Em va agafar del braç i no vaig protestar tot i que a mi no m'agraden les familiaritats i em va dur a dalt de la muntanya d'alçada regular, uns tres-cents metres, des d'on es dominaven el poble i els seus voltants. Als nostres peus hi teníem la vall; es veia coberta de carreteres. Em va dir: «Són de sorra, amb algun jonc neulit i alguna canya seca per entremig. Veu el que li deia? Totes aquestes carreteres sorroses havien estat rius i ara només són espectres de rius. No hi llisca ni una gota d'aigua. No em digui que no n'hi hagi per arrencar-se els cabells del cap.» A la banda de ponent, en una zona verge de rius morts, un home que la distància feia petit, vestit de negre, amb una vareta en equilibri davant seu, voltat de badocs angoixats, preguntava a la terra, tot ell immergit en un gran estat de concentració, on amagava, fins a quines profunditats ignotes amagava l'aigua fertilitzadora que faria viure la bona gent de peres i préssecs, de raïm i prunes, de cols i albergínies, d'enciams i escaroles, de pebrots i bròquils, de mongeta tendra, de safrà i comí...

VIATGE AL POBLE DELS PENJATS

Havia dormit com una pedra en una vall molt bonica d'herba barrejada amb flors blanques i grogues que encara que no ho fossin semblaven margarides nanes. Una brisa lleugera les decantava. Darrera una estesa de canyes, que vaig travessar amb penes i treballs de tan espessa, em vaig quedar plantat en sec davant d'un bosc ombriu com una catedral. De cada arbre, potser roures, potser alzines, penjava un penjat, vestit d'una camisa blanca, d'uns pantalons i d'una armilla de pell de vaca rossa clapada d'un ros més clar. Vaig girar el cap per no delectar-me amb aquella tristesa, i, amb por d'ensopegar, vaig anar caminant fins a tocar del poble amb les seves cases acabades d'emblanquinar i amb els carrers acabats d'escombrar i de regar. Un home amb el coll molt curt i amb uns ulls de fura gairebé va topar amb mi, dispensi, de tan distret que anava. Duia un rotlle de corda a l'espatlla. Al portal de la casa d'on acabava de sortir, una dona jove i maca, amb una criatura a coll, el mirava. Quan vaig ser-li al davant em va dir bon dia i jo no em vaig saber estar de preguntar-li tot assenyalant l'home que acabava de tombar la cantonada: «On va?» La dona va passar la mà de dits molt fins per entre els cabells de la criatura i va dir baixet: «A penjar-se.» Trist, tant per la dona com per la criatura —la dona devia perdre el marit, la criatura el pare—, no em vaig poder estar de fer-li una altra pregunta: «Per què?» D'una casa de més amunt va sortir un altre home també amb el coll curt, també amb un rotlle de corda a l'espatlla. Tant el primer com el segon a més de la corda a l'espatlla duien una camisa d'una blancor immaculada i uns pantalons i una armilla de pell de vaca rossa clapada de ros més clar. «Vostè no és del poble.» Li vaig explicar que a casa meva m'hi avorria perquè la gent anava pels carrers, volta que volta, cridant sense parar «Llibertat! Llibertat!» i que me n'havia anat a córrer món, és a dir que, de moment, era un home sense poble. «Ah —va dir la dona tot acostant-se'm—, així vostè no deu saber que en aquest poble tots els homes són pecadors. En el moment de néixer ja van amb el pecat encastat al paladar. Així que els nois passen a ser homes només viuen per tenir dona i fills. Cada home en vol setze. I de tant que li agrada fer-los acaba castigat, com tots, i a la ratlla buida del cervell que parteix els dos mons se'ls aixeca el deliri i només tenen ganes de penjar-se. Les criatures se'ls van morint de dues en dues fins que només els en queden dues: la parella, nen i nena. Els vells expliquen que les dues últimes que queden en vida són les criatures fetes malament, a esgarrapades i mig per compromís. I les que han estat fetes amb miraments, amb claror de lluna damunt d'herba fina... ha vist la vall de les floretes blanques? són les que la mort els talla el fil amb un sol cop de dalla.» Aquella dona de seguida la vaig batejar la dona cantarella perquè enraonava com si cantés. «Sap?, les criatures les fan de nit, ben mudats i amb els ulls oberts escrutant la fosca...» «Però —vaig dirli—, si no les fessin, el poble s'acabaria.» «És clar —va dir la dona tot posant un mocador vermell damunt la cara de la criatura, que se li havia adormit—, però és que val la pena de fer-lo durar? Què se'n treu? Miri, aquí, la vida és plantar cols, mongetes, cigrons, pastanagues i albergínies. Criar gallines, recollir els ous, trencar-los, fer la truita... i encara si les gallines no han arreplegat la pepida... i fer llenya i coure-ho tot plegat... ja em dirà... i parir. Mentre la dona pareix els deu primers fills, l'home balla. De totes maneres cal pensar que la primera criatura que fa a l'acte es penedeix d'haver-la feta. Però no es pot estar de tirar endavant. A la segona, encara s'aguanta... i a la tercera i quarta, si és prou fort. Però a la sisena, tirant llarg, ja no sap on posar la seva vida. La dona sent que l'home es va enxiquint, enxiquint... i que es passa els dies rumiant. A la quinzena, i sobretot a la setzena, ja és com si s'hagués tornat boig de tants naixements i de tantes morts com ha hagut de presenciar i comença a trenar el cànem. Mata la vaca; amb la pell es fa els pantalons i l'armilla, net i amb camisa blanca se'n va al bosc, tria l'arbre, s'assegura que la branca resisteixi, es passa la corda al coll després d'haver-li fet el nus escorredor, puja a dalt d'una pedra i salta. Sempre més es gronxa tranquil. Vostè, si ha travessat el bosc, no s'ha adonat quina cara d'estar al cel que fan tots els penjats!»

VIATGE AL POBLE DE L'ARC IRIS

Camina que caminaràs vaig baixar i vaig pujar muntanyes, vaig travessar dos rius d'aigua soma i tot d'una, damunt d'una estesa de boira baixa, vaig veure, de banda a banda del cel, un arc iris d'un traç tan perfecte i d'uns colors tan esclatants i tan ben destriats que no vaig tenir més remei que encantar-me a contemplar-lo. Em vaig anar acostant a aquella meravella fins que vaig trobar-me en un camp de lli. Molta gent, sobretot dones, amb un gran cabàs al costat l'anaven collint. Duien vestits llargs fins als peus amb els colors de l'arc iris ratllats horitzontalment. La respiració se'm va quedar tallada. Unes quantes dones em van veure, es van alçar d'ajupides que estaven, i amb un braç enlaire i un somriure d'orella a orella em van saludar cridant: «S'ha acabat el diluvi!... S'ha acabat el diluvi!...» Jo també vaig aixecar el braç i mig rient vaig preguntar a la dona que tenia més a la vora: «S'ha acabat el diluvi i no plourà mai més?» Es va posar a riure; tenia les dents de colors però els llavis eren esblaimats. «No... miri, és el nostre crit d'alegria... Veu? Tenim la boira que fa la terra humida i miri el lli com creix...» El sol anava sortint, molt pàl·lid, molt tímid, molt a poc a poc. Un revolt de dones es van apilotar al voltant d'una joveneta que gemegava. La dona que m'havia enraonat em va dir que la joveneta paria, que si ho volia veure... «Gràcies, més m'estimo passar de llarg.» Però unes quantes empentes, sense que jo ho volgués, em van fer acostar a la rodona de badoques i, en el moment que hi era a tocar, una dona, tot fent un crit, va aixecar enlaire, d'esquena al sol, una criatura rossa com un àngel amb tot el cos ratllat horitzontalment amb els colors de l'arc iris. Devia fer cara de gran sorprès perquè la dona que aguantava la criatura em va dir: «Els colors se li aniran esborrant i d'aquí a seixanta dies només li quedarà una ratlla rosa a la cintura perquè és un nen. Rosa si són nens, lila si són nenes. Vagi al poble que li donaran esmorzar.» «No tinc gaire gana.» «És igual; les nostres coques els més desganats se les empassen com bresques. Mai no en tenen prou.» Aquell camp de lli sempre més l'he recordat i potser a l'hora de la mort encara el veuré cobert de groc, de blau, de vermell... A l'entrada del poble hi havia tres rengles d'homes teixint. I al seu darrera tres rengles de dones, amb una canya, remenaven colors que hi havia a dintre de gerres. A cada color de gerra corresponia el color de la pintura que tenia a dintre, pintura que uns altres tres rengles de dones escampaven damunt del lli teixit estès damunt de taulells. A la meva dreta, en uns grans estenedors, els teixits acabats de pintar s'assecaven al bat del sol. Sense ni saber on havia anat a parar em vaig trobar al bell mig de la plaça del poble. Damunt de taules de fusta natural i sense colors, cosa estranya, hi havia coques quadrades ratllades, elles sí, de colors. I darrera de cada taula una noia bonica les oferia. «Les més dolces, les més ben enfornades... amb la crosta d'or!... Les vol calentes o se les estima més ben fredes?» Després de deixar el farcell a terra vaig agafar una coca una mica cohibit. Abans de queixalar-la la vaig olorar. Mel pura. Olor de mel de bosc. El gust no el podria explicar. Me'n vaig menjar sis, tan lleugeres, que era com si només me n'hagués menjat una. «De què les fan?» «De sèmola i de tapioca. Abans de ficarles al forn les pintem i quan surten encara els donem una segona capa. Veu les olles? Veu els pinzells?» Els pinzells de pintar coques eren petits i tenien el mànec ratllat de colors, amb les ratlles pintades horitzontalment com les ratlles dels vestits de les dones, joves i velles, d'aquell poble que sempre, sempre per sempre tenia l'arc iris al damunt. Inesperadament de cada porta de les cases al voltant de la plaça van sortir homes, dones i criatures fent voleiar cintes de colors i cridant amb tots els seus pulmons: «Beneït sigui.» Van venir les dones del camp de lli. Al davant hi anava la joveneta que havia parit i aguantava la criatura enlaire perquè la pogués veure tothom. Vaig deixar aquell poble amb una mica de recança i quan ja era bastant lluny encara sentia cantar: «S'ha acabat el diluvi!... S'ha acabat el diluvi!...» I l'arc iris tremolava, eixarrancat, amb un peu a cada banda de la terra i amb el llom tocant el cel.

VIATGE AL POBLE DELS CARGOLS I DEL LLOT

M'hi va acompanyar un home, el fuster, del poble veí. Abans va avisar-me: «Vostè, que ha visitat tants pobles, estic segur que no n'ha vist mai un altre com aquest.» No es veia ni una casa. No es veia res. Ens vam aturar a la vora d'un muret que feia una gran rodona, molt i molt gran. Al peu del muret, a la banda de fora, hi havia tous d'herba tendra i matolls de fonolls i més fonolls. Herba i fonolls estaven atapeïts de cargols bovers. I tot el dintre del muret es veia ple de formes d'homes i de dones cobertes de llot. «Es rebolquen pel llot nus de pèl a pèl. Veu els caps? Com que els tenen tan grossos és l'única cosa que el llot no pot cobrir.» Damunt de la gran rodona tancada pel muret, segurament perquè el llot no pogués vessar, es gronxava un núvol ni massa blanc ni massa gris. I una mica lluny, al bell mig de la gran rodona, s'alçava una muntanyola de pendent suau sense mica de vegetació. El meu acompanyant va dir: «Veu? Quan es volen treure el llot de sobre, així com en els altres pobles els seus habitants prenen el sol, els habitants d'aquest poble pugen, patint i suant, a la muntanyola, i dic patint i suant perquè rellisquen i rellisquen, i prenen la pluja. Però baixen aviat; els agrada massa viure de nassos al llot, hi juguen, se'n tiren grapats al cap i a la cara i són feliços així.» «I de què viuen?» «De cargols. Se'ls mengen amb banyes i tot, de viu en viu i sense dejunar.» «I com moren?» «No moren mai; el llot els conserva i la carn de cargol els fa la pell llefiscosa. Si en pogués veure algun de la vora, algun que es volgués ensenyar i sortir del llot, veuria que la pell que els cobreix és la pell més tibant del món.» «I quan el núvol se'n va, com es renten?» «El núvol no se'n va mai. Té llogat aquest tros de cel per sempre. El tenen al damunt sense parar i sense parar deixa anar la seva plugeta. Quan els homes i les dones estirats a la muntanyola s'han cansat d'estar nets i de veure's la pell es deixen relliscar cap al llot que és, en realitat, on fan vida.» «Quina cosa...», vaig dir.

VIATGE AL POBLE DE LES TRENTA SENYORETES

Era un poble abandonat però bufó com un poble de joguina. Totes les cases eren iguals i totes tenien el seu jardí al voltant. Jardins espessos de plantes, silvestres, florits, perquè la regió era regió de molta pluja. Les cases estaven bastides al voltant d'una plaça rodona i grandiosa, voltada d'acàcies gegants, fulles al cel, flors encatifant la terra tot perfumant-la d'olor de mel, i al mig de la plaça hi havia el cementiri dels gats. Cada llosa duia gravat el nom del gat que guardava i el retrat de la bestiola, sota vidre amb marc daurat, estava penjat a l'estela. En el retrat hi figurava només el caparró. Uns caparrons rodons, amb bigotis expectants, amb ullets innocents, rumiadors, amb orelles escoltadores dreçades amunt. Sobre la llosa, no, em sembla que era al peu del retrat, hi havia el nom de la bestiola, la data del naixement i la de la defunció. Els noms dels gats, de moment, van sobtar-me: «Pardaler», «Rossinyoler», «Verdumer», «Cadernerer», i així successivament. Les lloses eren totes fetes de pedra d'aquella que se'n diu d'ull de perdiu perquè és una mica grisa amb pics d'un gris gairebé negre. Aquella pedra es veu que la donava la pedrera del poble veí on els seus homes, tots, sense excepció, eren picapedrers i servien la pedra als pobles veïns i fins i tot a alguna ciutat. Eren homes robustos, de peus grossos per a poder dormir drets, de mans amb dits curts i gruixuts d'ungles arranades fins a la carn viva. Un que passava, no sé on devia anar ni d'on devia venir, ni se'm va acudir de preguntar-li-ho, es va aturar en veure l'atenció amb què jo mirava el poble desert i el cementiri dels gats al mig de la plaça rodona. «És una pena... però què hi farem. La vida té cada sorpresa...» Estengué el braç assenyalant una banda de jardins i de cases. «Era el poble més bonic del món; com segurament no n'hi ha hagut ni n'hi haurà mai més enlloc. Hi vivien trenta senyoretes... No m'equivoco: trenta. Totes soles, totes rosses, totes altes i primes, amb les mans i els peus petits. Cadascuna en la seva caseta. Veu les casetes? Totes amb la teulada inclinada, totes les teulades fent un gran pendent, totes amb les finestres amb reixa i el ferro de les reixes fent quadrets, totes amb cortinetes de luxe: de glacé. Estarrufat, de color rosa de posta quan el rosa de la posta s'alila. A dintre del menjador sala, catifes pakistaneses, mobles blancs d'una nitidesa absoluta, sofàs encoixinats davant de la llar, butaques de gran mandra a cada costat del sofà, tauletes de vidre, millor dit, de cristall de roca d'aquell que sembla aigua gelada barrejada amb anís. Lleixa de xemeneia guarnida d'un gerro blanc amb una flor de bosc entaforada en el coll. Gàbia d'ocell amb un ocell de porcellana a dintre sempre amb el bec badat. Parets sense quadres pintades blanques amb una espiga rossa de tant en tant, dibuixada i pintada a mà. Els mobles dels dormitoris, ja no cal dir-ho, blancs. Llit de noia, armari ample i baix, tauletes de nit xatones, tocadors amb flonjors de neu, tot, tot, blanc com escuma d'onada. Cases, com ja pot veure, pel que li explico, de dones enamorades de tot el que era seu. La cuina, amb rajola blanca i lluent de terra al sostre, guarnida amb eines penjades, totes de coure: cassons, perols i tupins. I alguna paella de fregir.» Tot d'una l'home que tenia tantes ganes d'enraonar va alçar el braç amb fúria i el va fer voltar per damunt del seu cap. «Veu la plaça? Acàcies. Flor immaculada. Sent els ocells? Darrera de les casetes, potser no se n'ha adonat, s'estén el bosc d'alzines centenàries, de roures altíssims, de plàtans vells com el món amb la soca superba. Arbres com no se n'han vist de tan frondosos ni de tan plens d'ocells.» El sol encara no havia sortit. A la banda del sol el cel s'emporprava i el cant dels ocells s'anava fent més i més eixordador, més i més joiós. Un cant més que d'alegria, gosaria dir de victòria. «Sent? I cada dia és igual. Canten com si cantessin a la glória de Déu. Ells hi han guanyat, és clar, perquè les senyoretes eren tan fines que només vivien dels ocells que els seus gats caçaven. Gats ensenyats, destres a atrapar la presa de ploma voladora... gats que, a l'edat propícia, les senyoretes descollonaven perquè no es distraguessin de la cacera amb tot això de l'amor i de la lluna, de la teulada i de la paternitat. Com pot veure cada nom de gat corresponia al nom dels ocells que caçava amb més predilecció. S'ha adonat, oi?, de les lloses del cementiri? Cadernerer, caçador de caderneres. Pardaler, caçador de pardals. Verdumer, caçador de verdums... Elles tampoc no tenien descendència no per culpa de cap estisorada sinó perquè estaven construïdes així. Els anys els van anar passant, la cara se'ls va arrugar, els cabells se'ls van tornar blancs... i tot es va acabar, com és natural, al mateix temps: senyoretes i gats... què hi vol fer? Ara que, s'ha de confessar amb una mà damunt del pit, el poble encara és una preciositat. Miri'l, ara que el sol naixent hi cau de ple...»

VIATGE AL POBLE DE LA POR

El poble és sensacional. Les cases estan bastant separades les unes de les altres, situades al cim d'una muntanya d'alçada lleugera des d'on es pot veure amb una girada d'ulls el mar i la cresta blanca dels Pirineus. Són cases alegres, a quatre vents, totes de dos-cents metres, amb grans obertures: molt vidre i poc maó. Les parets dels banys estan cobertes de terra al sostre amb mosaics de flors, sempre roses. Els uns amb roses rosa, els altres amb roses blaves, d'altres amb roses grogues. La sala d'estar té la llar amb la campana de la xemeneia acabada amb un jou de roure, construïda damunt d'una paret de pedra de color rogenc (amb estries de color de plom), d'un roig rovellat. Finestres i balcons s'obren al jardí. Un jardí de cent mil metres. Els propietaris dels xalets, així que van comprar el terreny per fer-s'hi construir el seu recer meravellós, ja el van trobar arboritzat. Hi ha mimoses d'aquelles que els jardiners en diuen «sempre-en-flor», d'aquelles altres que al temps de la florida, que sempre s'escau pel mes de febrer, semblen un pom de boles d'or, i d'aquelles que tenen poca capacitat de florida però que creixen de pressa fins a alçades vertiginoses, dretes cap al cel. Hi ha un camí vorejat de moreres amb les fulles generoses d'un verd cristal·lí. Hi ha til·lers no tan importants com els de Schönbrunn però que Déu n'hi do. Una olivera de tres branques, signe de pau, senyoreja a l'entrada al costat de tres xiprers signe de bon acolliment. S'hi acumulen una dotzena d'àlbers de fulla gronxadissa tota de plata a la banda de sota, mitja dotzena d'arços, un castanyer bord, dos avets, tres pins que aombren migradament la barbacoa, dotze cirerers del Japó que floreixen espès i rosa, i com a arbres fruiters plantats generalment al darrera de la casa hi ha quatre albercoquers, sis pruneres clàudies, sis presseguers, tres cirerers i quatre ametllers per poder fruir de l'espectacle d'una bella florida blanca al pic de l'hivern. L'única flor: roses de categoria. Com les dels mosaics dels banys, blaves, grogues i de color de rosa... I para de comptar. Els arbustos són innombrables: veròniques, butleies, forsíties, cotoneàsters, cineràries, romanins... Ah, deixava de mencionar dos desmais a la vora de l'estany, tres arbres de Judea o arbre de l'amor i, entre els arbres fruiters, un llimoner. L'arbre que domina el jardí, tot i que n'hagin abatudes unes quantes per fer lloc als altres arbres, és l'alzina. Arbre de gran monotonia però de gran seguretat. Sense malura, de fulla perenne, resistent a totes les envestides dels vents, que brota segur, que es protegeix la soca amb un gruix de suro actualment poc cobejat pels tapers, però que dóna a l'arbre l'abrigall que necessita i que li permet amb molta parsimònia, això sí, de fer-se centenari. Però en aquesta zona de xalets preciosos hi sura una mena de malefici, una mena de malestar que emmetzina i que només es manifesta a caiguda de tarda i durant la nit... No passa mai res, no s'ha pogut mencionar un sol fet desagradable, no es pot dir que els lladres hi tinguin tirada, ni els saltacamins, ni persona de costums reprovables... res de tot això. A entrada de fosc, quan els ocupants de les cases corren a tancar finestres i balcons, és perquè els envaeix el sentiment profund tot mirant la lluna o el núvol o les copes dels arbres retallades damunt la transparència o damunt l'opacitat del cel, que cada fulla de cada arbre és un ull carregat de poder i d'intel·ligència, no que els mira, sinó que els observa i enregistra tot el que pensen. Per què?...

VIATGE AL POBLE DE L'OR

De seguida vaig veure la muntanya esguerrada, partida pel mig, i, als seus peus, carretons i més carretons, homes i més homes amb pics i escarpres, amb martells i perpalines... homes enfilats d'ací d'allà a punt de matar-se en equilibris impossibles, lligats per la cintura, per un braç, per una cama, per un simple peu en alguna aresta salvadora, pica que pica, arrenca que arrenca. El sol petava contra la muntanya enteranyinada per camins de brillantor que encegaven. Vetes i més vetes. De l'or, en aquell poble, no en feien gran cosa. Se'l ficaven, si es pot dir així, a la boca. Abans l'amuntegaven una mica pertot arreu i quan els venia de gust o quan consideraven que ja n'havien arrencat prou el polien perquè encegués. Era la seva dèria; frega que frega, enllustra que enllustra: com brilla, com brilla. Com he dit se'l posaven a la boca; tots duien dents d'or, colls d'or a dents i queixals. I els enterramorts no paraven d'arrencar dents d'or, ponts d'or, colls d'or a dents i queixals abans de cobrir amb làmines d'or la terra mare de les tombes que colgaven els morts d'aquell poble tan regroc i tan lluent.

FLORS DE DEBÒ

FLOR BALLARINA

És groga i molt escabellada. La tija té quatre circells. Es bada al pic de l'estiu, a l'alba, amb el sol. Els pètals neixen a petites embranzides, prims i rodons. I pengen avall. Escampa un perfum entre boscà —o sigui sec— i d'herba dallada —o sigui humit. Així que ha abocat tota l'esplendor a fora, els circells es despleguen i s'enrotllen a les branques més properes: queden tibants com filferros. Presonera, comença un treball extenuant d'alliberació. Lentament, gira damunt d'ella mateixa, dóna petites estrebades: a la dreta, a l'esquerra. Endavant, endarrera. Prova. I quan, després de paciència i pena tot el que ha aconseguit és estar cargolada, cessa tot esforç. I comença a rodar a l'inrevés: es descargola escabellada, pètals estesos. Quan para l'embranzida, torna a cargolar-se amb una voluntat infinita i a descargolar-se de pressa sense saber ben bé per què. Aquest patir dura hores i no s'acaba fins que la tija es trenca ran de circells i la flor penja cap per avall. Si passa una bona ànima i s'adona del mal quan comença —i porta tisores—, talla els circells i la flor pot viure en pau. Si és una mala ànima la deixa estar i encara s'hi diverteix.

FLOR DESESPERADA

Viu en els aiguamolls. Amb l'arrel al llot —és de la família de les nerufandes— es badaria gentil si no existís el centpeus Xuribinga-Palangriu, que neix sota el calze de la flor. Negre, amb les potes de color de mandarina, viu esglaiat. Sempre amb la por que es presenti el Salamandril. Així que el sent venir de lluny —el Salamandril baixa del blau i de la llum que tremola— amb el seu zum-zum de borinot, Xuribinga-Palangriu puja damunt de la flor, l'estreny perquè no s'obri i, si és mig desclosa, la tanca. És la manera de matar per a no morir. Si el Salamandril pot tastar la flor s'encén com una teia, ataca Xuribinga-Palangriu i se l'empassa sencer. Sort que el Salamandril té el cor innocent i no es malfia. Si quan baixa troba la flor tancada amb Xuribinga-Palangriu al damunt, se'n torna cap al blau i cap a la llum que tremola. Aviat mor sec com un clau. I la flor també. Morta abans d'obrir-se, víctima de la lluita per la vida d'un pobre idiota desgraciat de boig.

FLOR BLAVA

És blanca i és blava. És a dir, és blanca com la rosa blanca, i, tot d'una, es torna blava. La tenyeix un insecte, sembla, però ningú no sap com ho fa. Un moment de distracció i ja és blava. Aquest insecte, en un genoll, cosit amb bava filosa, porta un paquet i, a dintre d'aquest paquet, voltat d'ous i de blau —pura indulina—, hi ha el marit. Aquest marit tot el dia dorm i cova els ous que cauen en el paquet per un forat que l'insecte té en el genoll on el porta cosit. Quan arriba l'hora, l'insecte s'entafora en el cor mateix de la flor, deixa el paquet, i la flor, que era blanca, es torna blava de dalt a baix. Diuen : —Oh, és que el marit així que es troba voltat de flor rebenta el paquet i tot s'inunda de suc blau i els ous esclaten i els petits de seguida volen cadascun amb el paquet en el genoll... d'acord. Però són pures suposicions. La veritat és que, en un tancar i obrir d'ulls, la flor blanca es fa blava. De quina manera? No s'acaba de saber i tothom va una mica venut.

FLOR MÀGICA

No hi vagis! El Bosc dels Miralls Trencats és un bosc de pebrers amb les fulles tacades dc mal. De tant en tant el travessa un núvol de mosques blanques amb un vol clos i endormiscat. No hi vagis! La terra, sota dels arbres, és coberta de miralls trencats. Així que hi entres, et quedes sord. No hi vagis! Dintre d'una soca buida viu la Flor Màgica, voltada d'ous de Formiga Bomba, de potes d'Escarabat Violí, de llàgrimes de Cara d'Home. Mestressa del seu recer podrit de bolets i molsa, té moviments de flor i de flama. Un gra de pols crema l'herba i la mort ve de tot el que ja és mort. Cada fragment de mirall és un fragment de vida de cadascun dels homes que han deixat en el bosc tot el que tenien. A cada tros de mirall palpita, lluent, ardent, vacil·lant, un bocí d'aquelles vides: tres ratlles d'aigua de pluja, un collaret desfet, una mà que es belluga, un tros de nen, un manyoc de cabells de nina... A l'ombra de la llum verda, quan vols lligar un fragment de vida amb el fragment que li correspon, alguna cosa s'agita entre les fulles... Catacrac!... Ja t'ha petat, i, abans de caure a terra fet miques, ja vas amb l'esquena pintada d'argent. A servir d'esquer.

FLOR VERMELLA

Està clavada a la branca: sense coll. Encesa d'un vermell dolorós, quan l'aire s'atura i la bufa, la vora dels pètals tremola. I a la nit, quan l'herba és freda i les serps beuen llet, a cada pètal tibant li surt una gota de sang negra: plana i dura com les llavors de la síndria. Humida. És la malura. Val més no tocar-la. La malura crema la flor i a la malura la podreix un xàfec. Les lluernes, que són sàvies, encenen el fanalet. I miren.

FLOR MORTA

En un racó de món hi ha la Flor Morta. Coberta d'estrelles de sal, el temps la va assecar, alta i buida, i amb les fulles esteses. Alguna primavera boja li ha deixat una llavor al damunt i la llavor ha fet planta i la planta ha florit amb flors de misèria: la campaneta d'or o la didalera de mel o la gota de sang, que han acabat menjades per les estrelletes de sal. En l'embolic de les arrels, la terra és grisa, barrejada amb sorra i amb cargolins foradats. D'una fulla a l'altra, l'aranyó de pluja fa teranyina de fil: teixint i teixint, de nit i de dia, entrebancant-se en els plecs, mitja volta, tres punts a l'esquerra, un pilanet, ara passo per sota i ara surto per dalt, si el vent me l'esbulla començo altra vegada i perquè sigui espès teixeixo i teixeixo, mitja volta, tres punts de cadeneta, a dalt es desfà, a lligar-ho, estiro el llençol... teixeixo el teixit i espero amb aigua a la boca la marminya cega amb ales de bresca que passa de llarg... La Flor Morta, quan l'aranyó treballa o quan les estrelletes cauen o s'ajunten, no ho sap. Ni sap, amortallada amb teranyina, que el mar salvatge la vigila i l'esquitxa de sal.

FLOR FELICITAT

Lluny, creix un arbre de porpra, vaporós, que fa una flor lluent com vidre, tornassolada com vidre, d'una matèria molt semblant a la matèria de la bombolla de sabó. Ni els estranys corrents de l'amor, ni l'aigua en el punt de la set, és a dir, res d'aquest món no es pot comparar al plaer que regala mirar la flor —l'has de mirar estirat per terra—, ni al moment en què el sol de posta la fa cantar. A vegades hi ha deu persones estirades per terra, esperant, amb un desig malsà, amb ulls glaçats, que canti la flor. Els dies són massa blancs, les nits massa fosques... El terreny, lleugerament en pendís, acaba en precipici sec arran d'un golf. La flor canta i adorm. Adormits com una fulla, els homes rodolen avall i van a parar a l'aigua on, després d'una caiguda vertical de cent vint-i-quatre metres, moren amb la boca oberta i amb les dents trencades. El peix forquilla els forada i se'ls comença a menjar de dins estant.

FLOR D'AIGUA

S'obre ran de l'aigua més neta del món: la dels llacs, que és feta d'esponja de neu. És petita, blanca-vori, melissa, tarongí. És una flor que beu. Els pètals fan cullera, recullen l'aigua, quan són ben plens s'ajunten de pressa en poncella perquè l'aigua no vessi i se la beuen. Després es baden mandrosets i reposen. Quan estan descansats, tornen a beure. Cada nit fan igual. A l'acabament de la florida la planta arronsa les tiges i deixa les seves minyones, les flors, soles amb l'aigua. Tot el profit de tant i tant beure era per a la planta. Per a les flors no-res. Només la gran feinada, la mica de frescor a dintre i un cementiri blau.

FLOR CAVALLER

Aquesta flor no és una flor: és un flor. Com el clavell, el baldiró, el violer, el cascall, que són els flors. I no parlem del llessamí valencià del rei Pere «que fa la flor ampla i grossa». El Flor Cavaller és neguitós. I té la guerra amb el vent. El Flor Cavaller és morat amb un pistil de color de safrà. Es bada a la primavera i no s'acaba fins que les castanyes són madures. La seva missió és tocar la trompeta. El Flor Cavaller viu a dalt de tot de les parets i vigila. El vent vol olorar les flors i escampar-ne el perfum i el Flor Cavaller les avisa. Quan el vent arriba les troba tancades amb pany i forrellat. És una guerra molt fina: d'astúcia.

El vent s'amaga, surt a la impensada, es disfressa de brisa, bufa a tres-cents l'hora. El Flor Cavaller, vestit de color de bisbe i amb el pistil trompeta, senyor de les altes parets, sent venir el vent i, amb alegria, tararí!... tararí!... Flors tancades! —I si vols olorar fes-te la guitza que no me les esfullaràs.

FLOR DOLENTA

És d'un color de caramel de menta, ple de matisos. Té un pètal enlaire, afarbalanat, i dos d'horitzontals que li surten enfora com dues closques de musclo, tancades per un baldó tuberós. És flor-musclo amb cresta i baldó. Si t'atures a mirar-la, la cresta se li mou enrabiada, el baldó s'aixeca, la flor-musclo s'obre, i treu una llengüeta fosca com xocolata, lluent de vernís. Furiosa de veure a la vora un cap a dalt d'un home, fa llengotes.

FLOR SENSE NOM

Així que va néixer ja va estimar-ho tot: el pugó apilotat, els cucs amagats xucla que xucla la terra humida, la cua de la sargantana, la ràbia del borinot, les formigues disparades amb un paquet a dalt del cap, la panerola perdigó, la marieta amb clofolla-casaca, l'espiadimonis a punt de rentar-se la cara, la pluja de polsina de la flor de la xeringuilla... Tot. Cada dia ho estimava tot. Fins que l'acabament dels dies clars va dur el vent vermell i el vent la va sacsejar de mala manera i se li va endur una fulla. I una altra. I més. I ella, amb la seva petita veu muda, deia a no sabia qui: se m'enduen. I cada fulla que volava amunt era una lletra. S,E,M,... l'apostrof ' era una brossa... E,N,D,U,E,N... I ningú no la sentia i les fulles anaven amunt i, d'una embranzida de força, el vent les va barrejar i ja no se'n va saber res més... N,E,U, ' N,

FLOR DISPERSA

Apomellades, rodones com bales, fan olor de càmfora i es passen el dia rient. És un sacseig que comença al matí i no para fins que és fosc. Cauen damunt del riu trencades de tant riure i van avall rient amb l'aigua que les segueix i l'aigua que se les emporta. Un giravolt les atura i es separen. Cadascuna va per la seva banda —al país dels peus en punxa, al país de la boca cosida, al país de la mà clavada, al país dels nassos trompa, al país dels ulls tancats. I acaben al mar. Petites bales amb olor de càmfora, llisquen i moren rient.

FLOR TENDRA

Líquida i en forma de gra de raïm —si caic o no caic entre fulles creuades— neix sense adonar-se'n. El cel amb la bola de foc i el cel amb la bola nevada la converteixen en un granet de color d'aigua amb anís. Al tercer dia de viure fa una olor de sang absoluta. Enxarolada i llefiscosa, la sangonera la xucla amb desfici i, quan s'ha acabat el temps de florir, de tants granets delícia només queden manyoguets de pell arrugada: panses.

FLOR CERIMONIOSA

És noctàmbula. Quan els Sastres Amagats cusen la lluna a la falda de la nit, quan s'omple de vent la granota, quan va de cacera l'enganyapastors, la Flor Cerimoniosa es bada. De dies dorm. Té els pètals de gasa i de foc de magrana. Adorna. És flor per als rat-penats que la volten tenebrosos i càndids. Xafarders. Però tot i que per a ella la nit hagi estat de vetlla i que dormir amb el sol li sigui mitja vida i més enllà, si et sent a prop no pot deixar d'obrir-se: fa visita. No diu res perquè no pot enraonar, és clar, però t'acull plena de gràcia i no t'abandona ni cinc minuts. És la més caia.

FLOR DE VIDA

Matusalem la va descobrir, la va posar en un test, va ficar el test en una bossa de color de nata, cosida al vestit, i es passava les estones vagaroses mirant-la a l'ombra del cedre i del xiprer, davant d'un camp de lliris en deliri. Menjava coques de raïm. I la joia què és? Però un dia espès de núvols i encortinat de pluja va relliscar en el bassal del fang, se li va trencar el test i Matusalem es va morir a tres mil anys i escaig de veure passar el món i les falcies. La flor va anar a buscar vida i a donar-ne més lluny. Una generació passa, una generació ve: l'una de cara a la follia, l'altra de cara al seny. Els homes anaven amb un test amb la flor. Es trobaven a la Plaça de Tothom i es preguntaven els uns als altres: «I la teva?» «Ha florit set vegades.» «I la del teu pare?» «I la del teu germà?» La flor vivia arrecerada, nodrida de belles paraules i de pura saviesa. Cada dia hi havia més flors. Més homes amb molta vida. No estaven mai malalts. Els anys els queien a sobre, els anys anaven baixant i ells els aguantaven amb les espatlles, amb el nas si calia. Fins que un matí de sol rabiós, quan les serps caminen dretes, es van reunir d'amagat els metges, els farmacèutics, els notaris, les mullers cansades, els fills amb ganes d'heretar... Van cremar les flors al mig de la Plaça, van trencar els testos i tot va acabar fent cua al cementiri perquè no donaven l'abast a colgar de terra vells amb cara d'òliba i amb els ossos corcats.

FLOR NEGRA

Set pous i set nits de les més llargues es van ajuntar perquè nasqués. I mil formigues van donar la vida perquè tingués el seu color i la seva mena de vernissat. Sembla un clavell arrissadíssim i amida un pam. S'obre durant setanta nits-nits: les més fosques, les més quietes, les més mortes. La busquen a les palpentes per fer-ne l'ungüent que fa patir. Aquest ungüent es posa darrera de les orelles, entre els dits dels peus, a la part interior de la cuixa esquerra... Frega fort i dorm tranquil que el mal es va fabricant tot sol. Al cap de dos dies i de dues nits et despertes amb una pena tan grossa que no et deixa respirar. Una bella pena per a poder-te creure important; una pena de roc i de sal, una pena amarga de fetge i d'entranya profunda, una pena arrapada al coll com un clau clavat amb martell, una pena de deu mil quilòmetres, una pena que et mata el pobre cor i t'hi atura la sang perquè s'hi podreixi. Una pena que, com les penes més grosses, no es pot explicar. No la deixis fugir; si aquesta pena se n'anés, tornaries a no ser ningú.

FLOR BOJA

És molt enganxosa i molt perillosa. Va deixada anar i Déu nos en guard d'un ja està fet. No és ni bonica ni lletja: és una flor. Té forma d'aranya i color de cera. L'atreu la sang dolça dels homes. Espera, a la vora dels camins, que passin; però han de dur pantalons llargs. D'un bot els puja a la sabata i, amb gran cautela, se'ls entafora entre el camal i la pell, segueix amunt i s'atura a la ratlla del genoll. S'hi abraça i s'adorm.

FLOR SOLA

En una ciutat destruïda —terra de sang i d'oblit i de plors de soldat —neix una tija delicada i tallant que fa unes flors rodones com plats. Sense fulles la tija, sense pètals la flor, la tija s'estira, fa el primer plat, després el forada pel mig i creix. A dos metres d'alçada, fa un altre plat. Es vincla com si estigués en el palmell d'una mà. —Dos metres, un plat. La tija s'estira. Dos metres, un plat, dos metres un plat... dos metres un plat, dos metres un plat, dos metres un plat, dos metres un plat dos metres un plat dos metres un plat dosmetresunplatdosmetresunplatdosmetresunplat... No se sap quan acaba.

FLOR TRASPLANTADA

En un poblet de pasturatges, la llum era plena de flors. Unes flors de la família de les rosàcies, de fulles ovals, acuminades, dentades i turmentoses per sota. Canviaven de color. Tot el poble n'estava enamorat i en tenia cura. En tenien tanta que oblidaven, els homes, de dur les bèsties a pasturar, i, les dones, d'encendre el foc i posar les coses a coure a dintre de les olles. Quan la nit fugia tots sortien de les seves cases, a regar, a mirar —a resar per les flors. Fins que un dia el rei va dir que ja havia tingut prou paciència i que tanta disbauxa s'havia d'acabar. Va fer preparar mil carros de mula i va fer dur les flors molt lluny.

Sense les flors tothom treballava. I va venir la gran malura. Els savis estudiaven, el rei s'arruïnava. Els bous i els vedells s'anaven morint. Un mosquit de color de vinagre picava les bèsties amb picada mortal. Fins que es va descobrir que el perfum d'aquelles flors que havien tret de casa allunyava el mosquit, perquè l'ofenia. El rei en persona les va anar a buscar. I les flors van tornar al seu país. Davant de cada mata, un sentinella. Cada vespre, la visita del bisbe i del rei. Les flors van trobar la terra magra i les cerimònies desplaents. El seu país no era el seu país i aviat es van morir neulides. Aleshores el rei va fer arrenglerar totes les noies i les va olorar d'una a una. Les que feien olor de flor les separava i les feia plantar fins al coll per veure si els cabells els florien amb flors d'aquelles. Però no. I el rei cridava tot arrencant-se els brodats del pit: «Tornaran els mosquits!...» I el bisbe deia: «Tornaran els mosquits...» I ja venien.

FLOR FANTASMA

Ni la seda ni la randa, ni els fils de la lluna boja, ni el miralleig del sol a l'aigua, ni el pètal més delicat de la flor del presseguer, no poden comparar-se a la finor d'aquesta flor que només surt quan toquen les dotze de la nit, l'última nit de l'any. Apareix al mig d'un prat quan l'herba dorm gelada. És una flor de pols i de boira, de color de mel i de color d'ungla. A cada campanada saluda: els quatre punts cardinals, la terra, l'any que fuig i l'any que s'espera a la porta, la flor que era ella mateixa abans de morir per sempre, totes les altres flors que no la coneixen, la formiga que dorm, l'ocell que no es veu, l'aire que la va dur, i una darrera vegada ningú per fer la dotzena de frare. I s'enterra altre cop. Es ben abriga amb fulles podrides i pedretes i abans de colgar-se per tot un any, diu: tururut. Que és la seva manera de renegar.

FLOR LLAMINERA

Se't menja de viu en viu. T'agafa, et plega, se't fica a dins i escup els botons. T'assimila molt lentament perquè es veu que té la digestió difícil. Val més així.

FLOR DE FOC

Surt de la pinassa, en forma de paraigua: o sigui, de bolet. I es passeja tant com pot, que no és gaire, perquè és de mena feixuga. La perdiu, quan la veu, fuig esglaiada. És una flor plena de seny que fa la seva vida sense molestar. I tot d'una, un determinat dia, una determinada hora, un determinat moment, sigui perquè el sol crema, sigui perquè l'any ha arribat al punt més alt de la claror, li surten flames tot al voltant: flames vives d'alegria i aquesta alegria li fa incendiar-ho tot. Corre esperitada xiulant i giravoltant com una baldufa: volant, alçant-se, baixant. Surt fum de la pinassa, del fum neix la flama, la flor corre que salta calant foc a tot el bosc i mor en el foc tot fent-se creus que tanta alegria hagi acabat en una estesa de carbó.

FLOR OMBRA

L'ombra d'una flor cau a terra. La Flor Ombra, lligada a no sap què, només viu quan viuen els que fan llum. Més prima que un paper de fumar, aplanada, de vegades de panxa enlaire, de vegades de costat, obligada a mastegar la pols, sense arrels, sense sang i sense abella, lluny de la seva flor, a tocar de la seva flor, tota de color d'elefant, mira les constel·lacions quan surten, perquè és l'única cosa que pot fer: l'esquirol de vidre, les dents de la mitzurica, la fulla de rovell, la cosidora blava, la boca del timbaler, la barca de sofre, el soldat sense mans, el penjat amb la llengua de ferro, la cirera de sal, el gall alegria... Quan ni ombra no és, perduda en la seva flor, recorda com si només fossin ombres els esquitxos de l'aigua del cel. Quan el sol la fa viure hi pensa. I quan la fa viure la lluna, mira i mira tot el negre brodat d'aigua sense gosar ni respirar. Però quan el dia és gris i la nit molt fosca, no és flor ni és ombra, ni ombra de flor. Adéu.

FLOR VERGONYA

Mentre els pètals es separen de la poncella per fer-se flor, ella se'ls espolsa. No vol ésser flor. No vol que la retratin.

FLOR ORGULL

En un prat és sempre la més alta. Créixer entre l'herba de les llunetes li fa creure's que és algú. Totes les flors de la pomera es pensa que són germanes seves, flors de llum, i que ella és l'única flor de la terra, filla de l'aigua i del sol. Si el noi més petit de la masia la cull i comença a desfullar-la, es resisteix. El martiri equival a l'antic esquarterament: quatre cavalls, ben lligats un a cada membre, esticarant durant hores i hores. Fins que cada cavall arrossegava un membre ple de sang. Si la Flor Orgull mor així, ni piula.

FLOR TRISTESA

Amb les fulles de color de pell de rata, es bada a les tardes de pluja quan les acàcies són un mar d'olor de mel. Oberta a la llum més morta, regala plors pertot. Si tingués mans li diries: «Té» i li donaries el mocador. Si marxes de puntetes cansat de la comèdia, sentiràs uns gemecs petits. Si marxes a passa llarga, s'espanta i calla. Si li dius «pobreta» estàs perdut. Val més fer el distret i mirar-la sense esma, esperar que es cansi i que faci muntanya amunt perquè ja no pot més.

FLOR LLAGOST

La Flor Llagost se't tira a sobre. És com una orquídia per la forma i, pel color, sembla feta de crema. Si vas distret per un jardí o per un bosc, és una sorpresa. La primera vegada —si ets ignorant— és una sorpresa angoixosa. Pam! Ja la tens encastada al damunt. No mira prim. Es clava allà on li sembla. Com una papallona alaestesa en capsa de vidre no es belluga fins que es panseix i mor. Se te'n tiren tres, a sobre. Més, no. Pam! una. Pam! dues. Pam! tres. I no t'hi encaparris. Encara que els facis uns quants xiulets dolços i les cridis per noms aviciats, és inútil. Tres, és el màxim que elles deuen considerar que pots dur a sobre. El més trist de tot és que aquesta sol·licitud tan mesurada no té perfum.

FLOR GOTA DE FEL

S'amaga sota de les fulles. Han passat molts anys abans que es pogués saber quina forma tenia. I quin color. Color de lluna i d'estrella. Perquè, els qui en parlaven, parlaven d'un record. És flor d'un sol pètal: una llengua vegetal. Camines i tot d'una penses: D'on ve tanta olor? El perfum d'aquesta flor no es pot comparar a cap altre perfum i potser perquè té color de lluna n'excita el color la lluna plena. Aleshores val més morir. Intens. Vols la flor amagada: collir-la... el perfum et guia. T'hi acostes, sents que la flor és a prop, però no arribes a descobrir-la. Amb la mà apartes les fulles, feixugues i vellutades, i vas buscant... Quan ella vol, surt de darrera de la fulla més inesperada i ataca. Plaf! Una bella gota de fel. I es torna a amagar. Molts diuen que no s'amaga, que, dessagnada, es mor. La gota de fel és inofensiva. No taca ni la roba ni la pell. Ara bé, si et va a l'ull, estàs perdut. És com una fuetada. I, per la vida, no hi veus a tres pams més enllà del nas.

FLOR DELIRI

La planta d'aquesta flor és una enfiladissa tendra. Fa penjolls de flors bastant semblants als penjolls de la glicina, però, aquests penjolls, floreixen per la punta —al revés dels penjolls de la glicina que comencen la florida per l'acabament. La flor és blanca, d'un blanc lleugerament blavenc, com si l'haguessin passada, un cop feta, pel blau de la bugada. I té forma de didal. El pistil, triforcat, és el peu de la flor. Així que s'obre la primera de cada penjoll, el penjoll s'estira, les flors es van obrint, i el penjoll no para d'estirar-se fins que la primera flor posa el peu a terra. Aleshores el penjoll s'ajup, les flors baixen, claven el peu a terra i es queden plantades així. El didal s'asseca i de cada peu neix una nova enfiladissa. Si bades, t'envaeixen la casa per dintre i per fora : i la dels veïns. És espantós.

FLOR DISFRESSA

Com els insectes que la por disfressa del color de la branca on són, aquesta flor agafa el color de la paret on neix. Un ocell deixa la llavor —necessita la complicitat d'un ocell (el merliu salvatge)— en una cornisa, en una esquerda. Allà creix i viu, al cim d'una tija prima, cargolada i flexible, aquesta flor en forma de campana, tota esperit. Quan és nit closa, s'enfila fins al teu balcó o fins a la teva finestra i et fa adormir si estàs despert per poder regir els teus somnis quan dorms. Et diu a l'orella que no hi ha ningú al món com tu i que tot el que et volta és ple d'engany. Només tu ets pur i altíssim. No hi ha res net. Tot és corcat: el germà, la dona, els amics. I cada nit et fa la mateixa. Fins que ho detestes tot, fins que no pots viure sense ella, fins que glateixes per ella, fins que esdevens solitari amb la teva ànima i amb la flor. Quan ets ben seu, d'una estrebada es desarrela i desapareix. L'única manera de salvar-te'n és saber-la veure a temps i regar-la amb salfumant.

FLOR FERIDA

La Flor Ferida és una flor robusta. Antigament naixia a les valls, a l'ombra de l'herba i dels arbres. El vent, que és boig, va començar a endur-se-li les llavors amunt i va escampar-les pel vessant dels volcans. Això no seria res si no existís l'ocell Perdingues. La flor té cinc pètals de color de llimona, llargs i entercs, i el pistil és una mena d'espasa graminada, lleugerament verd. La flor és petita i la planta s'assembla a una herba qualsevol. L'ocell, que té més sentits dels que es necessiten, sap quan la flor s'ha d'obrir i comença a voleiar al seu damunt en cercles estrets quan tot just es forma la poncella. Així que es bada se li tira a sobre i, d'enlaire estant, la mutila de dos pètals. El que té més a prop del bec i el que té més lluny. Només dos. A cada pètal arrencat s'ha pogut descobrir que la flor feia ai! L'ocell s'enlaira xisclant i al cap de mitja hora es rebenta. I els tres pètals que queden a la flor cap més ocell no els toca: de les ferides surt una pudor insuportable. I la broma es repeteix a l'any següent.

FLOR GELOSA

L'explorador que la va voler aclimatar no sabia com era. Va plantar l'única llavor que tenia sota la finestra de la seva cambra. L'endemà mateix va veure un brotet que sortia de terra com gelatina glaçada. I l'endemà passat en va veure un altre al costat del primer. Cada dia naixia un brot, primer a una banda, després a l'altra de la llavor pare-mare, amb un estil molt militar. Els primers brots ja eren alts quan els darrers van acabar de néixer. Una pura delícia. I l'home estava satisfet. Tot el baix de la casa era un núvol de verd fet d'unes fulles que a la més lleugera de les brises palpitaven delicadament: més gracioses i transparents que les ales d'una mosca. El dia que les flors es van obrir el sol va trigar una mica a pondre's: badava. El perfum que sortia de tot plegat tenia una mena de frescor regalada. El voltant de la casa era una festa major d'alegria. Ara que, sota de tanta alegria, trafeguejava l'infern. Les arrels d'aquestes flors semblava que tinguessin centúries i van començar a turmentar la casa per sota: els feia nosa. Volien la terra que la casa cobria. Ho volien tot: l'absolut. La casa es va desnivellar per la banda dreta. Li va caure un tros de barana del terrat. Li va saltar un batent de persiana. Una nit va semblar que la sacsegessin a mort. En fer-se de dia la casa era lluny. Havia fugit esparverada.

FLOR CAMINAIRE

De dues cabeces bessones, unides a la part de dalt, neix una flor d'argent, trifil·la, estriada de blau, plena de noblesa. Les cabeces són els peus. Aquests peus tenen les arrels curtes i no les enfonsen massa endins de la terra: tot just s'hi apuntalen. La Flor Caminaire és capritxosa, vagabunda. No va mai sola. No pot viure sense companyia. Es desplacen a colles. Els agrada el sol. Fugen de l'ombra com de la pesta i quan caminen semblen ànecs. Si el lloc que han triat per a créixer els agrada, no passa res. Ara bé, si per manca de pluja la terra s'asseca en excés, com que els hi va la vida, xino-xano se'n van totes cap al rec. De seguida es fan amigues del trèvol pudent. Duren un estiu. Tan aviat són a la vall com a la carena, ran d'una tanca o al bell mig d'un prat. Així que pressenten la tardor s'agrupen de sis en sis i secretegen. Quan es separen per a l'adéu de l'hivern, encara fan goig tot i que els colors ja se'ls han esblaimat una mica. Per morir s'amaguen: busquen arbres vells i s'arrecerен a les soques, s'entaforen sota de la molsa que mai no acaba de cobrir-les o sota d'una escorça. Allà on poden. Al primer buf gelat s'acaben. Els peus, d'un sotrac molt savi i amb precaució, fan caure tija i flor. Llencen un cadàver amb la mateixa indiferència amb què nosaltres llencem un vestit vell.

FLOR MALALTA

Amaga la boqueta —se la tapa amb les fulles més petites. De tant en tant les fulles es separen, de la boqueta li surt fum blau, i xiula. Molt fi. Per fer-li companyia les flors de borratja li envien olor i la pluja la ruixa perquè no estigui trista. Viu i mor així : voltada d'afecte i gentilesa.

FLOR MELINDRO

La van fer amb el caparró torçat i només es veu capgirada. Si li haguessin donat ullets podria comptar les bestioles de terra plana. No val res. En fas un pom i al cap de cinc minuts es desfulla. Però és molt bufona, i, ajupit, li pots veure els dintres: de color d'aixarop de violí i els estams també.

FLOR SAGETA

No se sap d'on surten. Tot d'una se'n van i sembla que se n'hagin anat per sempre. Però un bon dia tornen, envaeixen grans extensions de terreny i, de vegades, algun jardí solitari. La planta s'assembla a la planta del gira-sol: dreta, amb les fulles rasposes i amples. De flors sageta n'hi ha de grogues, de vermelles, de blaves, de color de pastanaga, de morades com l'ofec. Semblen fetes de setí. Apunten al cel. Si fa vent, es vincla tota la planta. La flor segueix el moviment sense que el vent la malmeti. Si plou, tallen la pluja: les gotes els llisquen pels costats de pressa i corrent. Les enxarolen. I quan ja han viscut prou, la planta dispara la flor amb la violència d'un tret. És una barreja de colors i de felicitat que fuig cel amunt. No fan cap mal. Volen altes i desapareixen. Fins l'any que ve.

FLOR DE MEL

Té el calze ple de mel. És una flor adormida, una mica fora del temps. Les abelles van i vénen. S'hi acosten. Amb la pota cullera agafen mel i omplen tupins i perols. Algunes moren emmelades. Tot moït de pressa, amb molta agitació. Quan el calze queda buit de mel i respira, la flor es mor. I en neixen de noves. I vinga abelles!

FLOR FÒSSIL

Xopa de por, una flor de maduixa anava perduda i no sabia què fer. Un ram de venes d'or cremava. El sofre negre i la pols vermella, la terra blanca i el carbó lluent es separaven. I a les bandes on, per dintre, el món i el mar encara bullien, es van alçar ruixadors d'aigua fins al cel. Naixien pedres de colors entre xiscles de sargantana amb farbalà del cap a la cua. La flor de maduixa no podia fer res, de cara o d'esquena a la calç, a l'argila, a la pedra... Quan tot es va calmar, els arbres semblaven creus. Un tros de blau, foradat pel gel i pel foc, respirava malalt al cim d'una muntanya partida. La flor de maduixa, perduda i malmesa, va quedar sense aire : voltada de pols i de líquids, de mica en mica es va ofegar. L'aigua i el llot s'empedreïen. La flor maduixa, ofegada, s'anava alterant... mil anys... un milió d'anys... alterant... tres milions d'anys... Fins a ser no-res : una lenta desfeta empresonada... un buit en una pedra... un incís.

TÍTOLS PUBLICATS

1. Dashiell Hammett. *El falcó maltés*
2. Antonio Tabucchi. *Afirma Pereira*
3. Montserrat Roig. *L'agulla daurada*
4. Maria Antònia Oliver. *Joana E.*
5. Maria Jaén. *La dona discreta*
6. Primo Levi. *Si això és un home*
7. Manuel de Pedrolo. *Obres púbiques*
8. Jack Kerouac. *A la carretera*
9. Raymond Chandler. *Playback*
10. Vicenç Villatoro. *Hotel Europa*
11. José Saramago. *Història del setge de Lisboa*
12. Joseph Conrad. *En el cor de les tenebres*
13. Henry Miller. *Sexus*
14. Antoni Marí. *El vas de plata*
15. Maria de la Pau Janer. *Màrmara*
16. Miquel Martí i Pol. *Contes de la vila de R.*
17. Narcís Oller. *Pilar Prim*
18. Àngel Guimerà. *Terra baixa*
19. Carles Soldevila. *Fanny*
20. J. W. Goethe. *Les desventures del jove Werther*
21. Maria Àngels Anglada. *Artemísia*
22. Isak Dinesen. *Contes d'hivern*
23. Ivo Andrić. *El pont sobre el Drina*
24. Vladimir Nabokov. *Pnin*
25. Nicholas Sparks. *El quadern de Noah*
26. Maria Àngels Anglada. *La daurada parmèlia i altres contes*
27. Narcís Oller. *La papallona*
28. Italo Calvino. *Les cosmicòmiques*
29. Italo Calvino. *Si una nit d'hivern un viatger*
30. Italo Calvino. *Palomar*
31. Santiago Rusiñol. *L'auca del senyor Esteve*
32. Helen Fielding. *El diari de Bridget Jones*